【ヘビクイワシ】

すきなたべもの…ヘビ、こん虫《ちゅう》、とり、
リスなどの　小《ちい》さい　ほにゅうるいも　だ〜いすき。

もしかして ぼくは

内田麟太郎 作
早川純子 絵

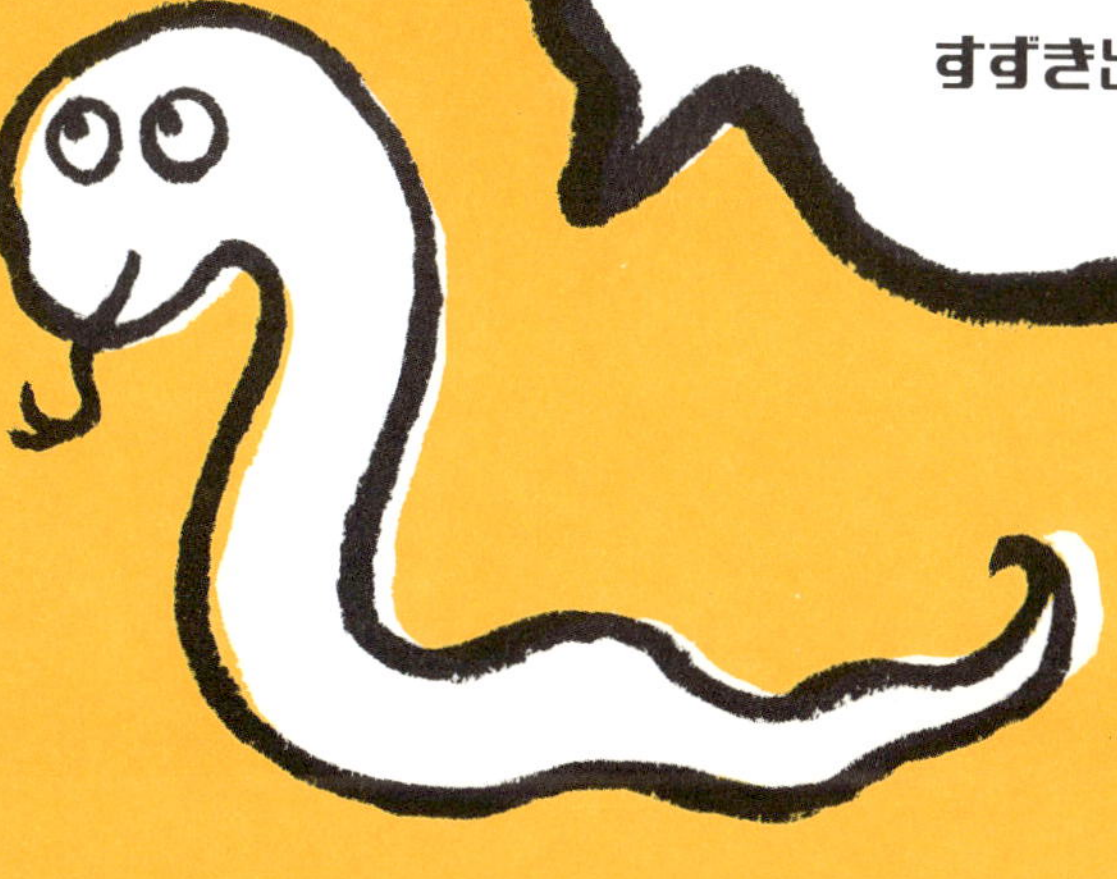

すずき出版

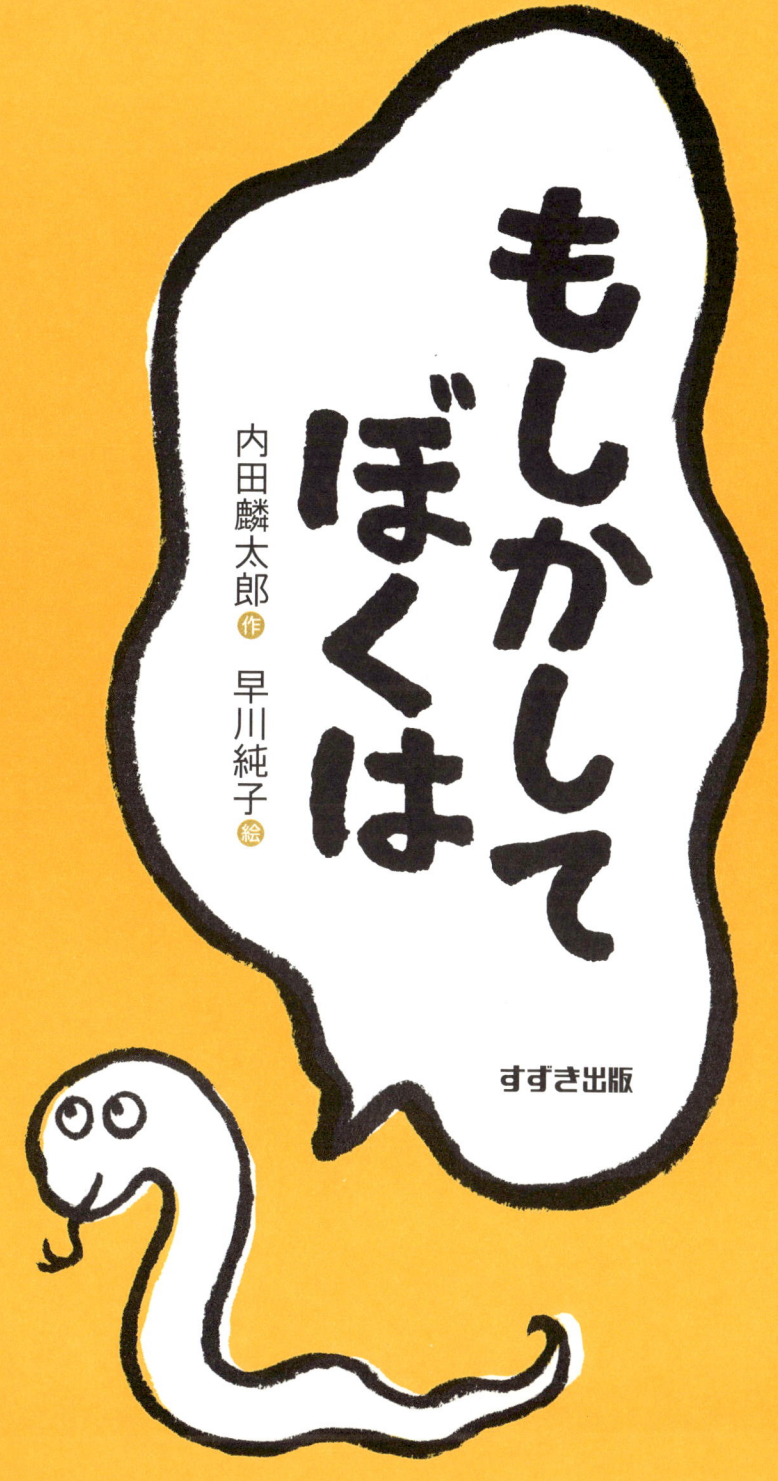

ぼく、ヘビの　にょろ。
七《なな》さい。男《おとこ》の子《こ》。
とくいなもの…うた。
こわいもの…ヘビクイワシ。
えーと　それから、カメムシ。だって　くさいんだもん。

ぽっかぽっかの　いい天気《てんき》。
ぼくは　いつものように　さんぽしていた。
いつものように　「もしかして」のうたを　うたいながら、
にょろ　にょろ　と、ね。

♪もしかして　もしかして
ぼくは　せかい一《いち》の　ヘビかもね
もしかして　もしかして
ぼくは　せかい一《いち》　つよいかもね

「こんにちは。」

ぼくは、リスさんに　あいさつを　した。

リスさんは、

「ふん」

と　そっぽを　むいた。

しかたがないか。
リスさん、ヘビが　きらいなのかもね。
ぼくは、リスさんを　すきだけど。

「こんにちは。」
つづいて　ぼくは、
バッタのおじいさんに　あいさつを　した。
「こんにちは、にょろくん。
あさから　きみに
ばったり　あえるなんて、
きょうは　なんて　いい日《ひ》なんだ。」
バッタのおじいさんは、
うれしそうに　ぴょんと　はね…、

すぎの木《き》に　こつんと
あたまを　ぶっつけた。
よろよろ　よろり。
バッタのおじいさんは　たおれた。
「はははははは。
バッタが　ばったりか。」
バッタのおじいさんは、
てれわらいしながら　おきあがった。
おもしろい　おじいさん。

ぼくは、
バッタのおじいさんに
さよならのしっぽを　ふりながら、
また　うたいだした。

♪もしかして　もしかして
ぼくは　せかい一《いち》の　ヘビかもね
もしかして　もしかして
ぼくは　せかい一《いち》　つよいかもね

すると、木《き》の上《うえ》から　ワライカワセミさんが
いつものように　からかった。
「げげげげげげ。
おまえが　せかい一《いち》　つよいなら、
トラも　にげだす　ニシキヘビは
せかいで　なんばん目《め》なんだい？
ええ、おちびさん。」
「ひゃくばん目《め》かもね。」
ぼくも、いつものように
すまして　こたえた。

「けけけけけけ。」
ワライカワセミさんは、
はらを　ゆすって　わらった。
それから　こう　つけくわえた。
「おまえが　大《おお》きくなるのが　たのしみだなあ。
まさか　ワニには　ならんだろうが。」

「そうだよ。
ぼくが　大《おお》きくなるのを　まっててね。」
ぼくは、ワライカワセミさんにも
さよならのしっぽを　ふりながら、
また　うたいだした。

♪もしかして　もしかして
ぼくは　せかい一《いち》の　ヘビかもね
もしかして　もしかして
ぼくは　せかい一《いち》　つよいかもね

うたいながら　ぼくは、
はらっぱのまん中《なか》まで　きた。
はらっぱを　ぬけると、
林《はやし》の中《なか》に　いけが　あるんだ。
とっても　おいしい水《みず》だよ。
（さあ、いそごうっと。）
ぼくは　からだを　くねらせ…、

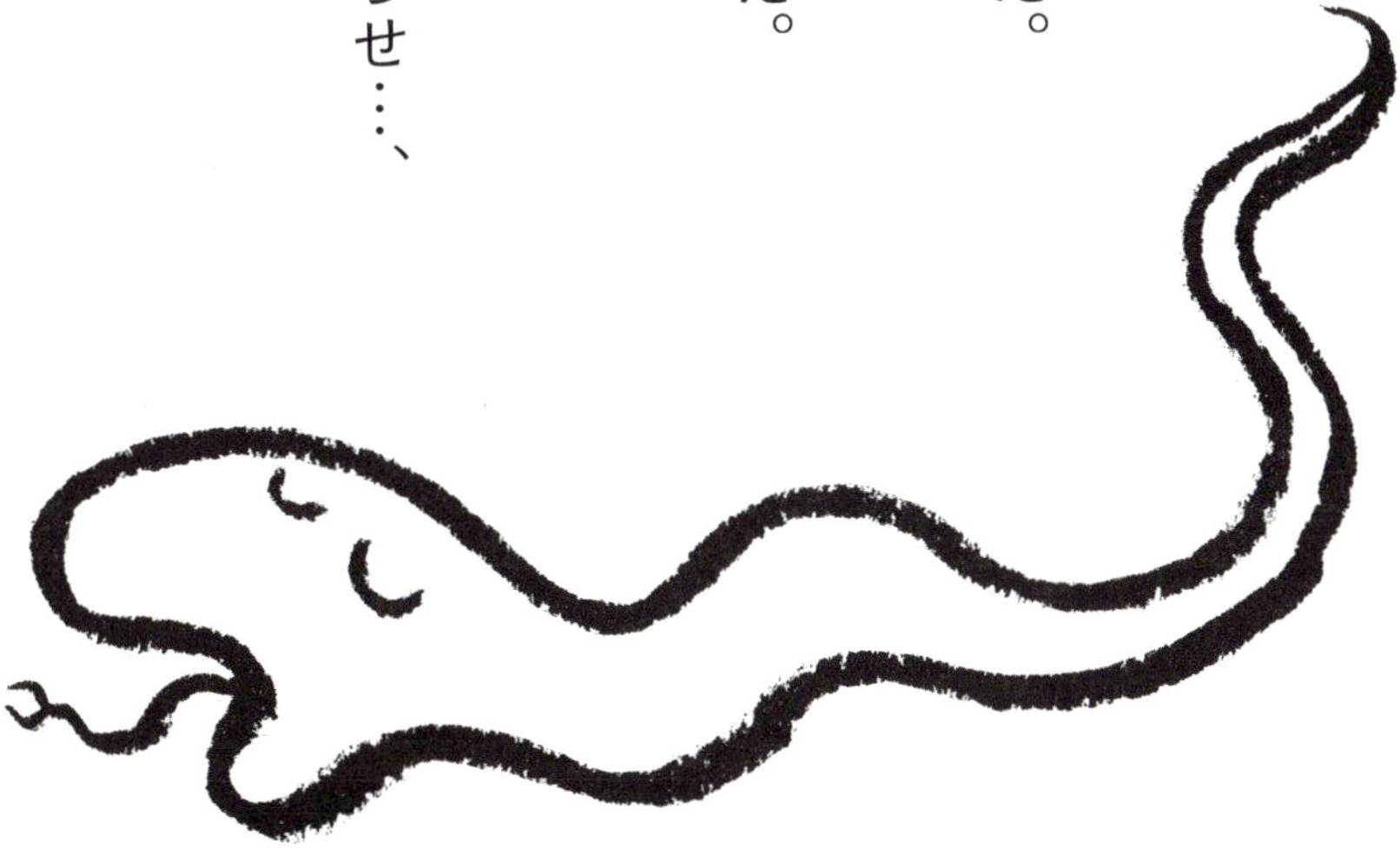

（あれっ？）
と　なった。
だって、からだが　ぴたりと　とまったまま、
ちっとも　まえへ　すすまないんだ。

「もう　つかれたの、おまえさん。」
ぼくは、じぶんのからだを　しかりながら、
はらに　ぐいと　力《ちから》を　入《い》れた。
ヘビは、足《あし》じゃなくて
はらに　力《ちから》を　入《い》れるんだよ。

ぐい、ぐい、ぐい。

なんどやっても、
おなじだった。
ありんこのあたま
ひとつぶんも
すすまない。
（どうして？）
ぼくは、なにげなく
うしろを　ふりかえって…、

ぶきーんと
目玉《めだま》が　とび出《だ》した。
「たすけてー。」

ヘビクイワシが、
ぼくのしっぽを　かた足《あし》で　おさえ、
にまにま　わらっていた。
「お、れ、さ、ま、だ、よ。」
ヘビクイワシは、　いかにも　うれしそうに
目《め》を　ぱちぱちと　しばたいた。

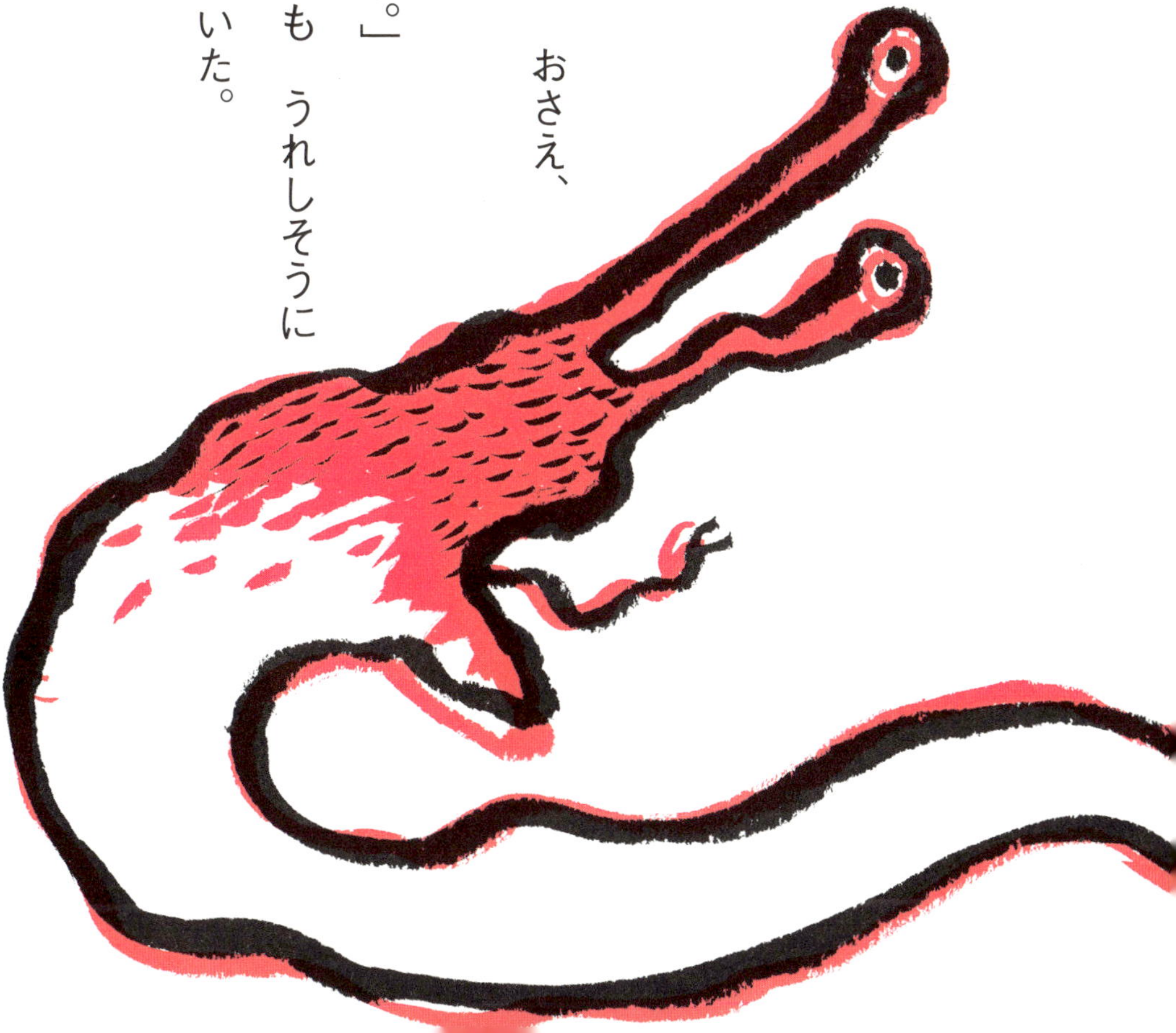

そればかりじゃない。
ヘビクイワシは、じまんげに　うたいだした。
ぼくのうたを　そっくり　まねて。

♪もしかして　もしかして
わしが　つかまえているのかもね
もしかして　もしかして
わしは　おまえを　たべるのかもね

ヘビクイワシは、うたいながら　つばさで、
ぼくのあたまを　なでなでした。からかっているんだ。

からかいおわったら　ぼくを　ぐびぐびと　のみこむんだ。

「ああ、うんまい。」

と、したなめずりしながら。

「いやだー。たべないで、のみこまないでー、みのがしてー。」
ぼくは　あばれた、めちゃくちゃに。
でも　ヘビクイワシは、ぼくを　みのがすどころか、
にれにれごえで　からかった。

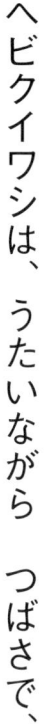

「だめ、だめ、だめ。わしは　にがさんもんね。
わしは　ワシだから。」
そして　いいおわると、
ぼくを　おさえている足《あし》に　さらに　力《ちから》を　入《い》れた。
「いたいっ、はなしてー。」
「なんのはなしが　ききたいんだい？」
「いたいっ、はなしてー。」
「なんのはなしが　いいのかな？」
ヘビクイワシは　しれしれがおで　とぼけつづけた。
ときどき　ぼくのあたまに、　たら～んと　よだれを　たらしながら。

「たべられるのは、いやだー。」
ぼくは、ありったけのこえで　さけんだ。
あんまり　でかいこえなので、
ハラノムシが　三《さん》びき、口《くち》から　とび出《だ》したほどだ。
目《め》のまえにあった小石《こいし》も、ころころと　ころがっていった。
それだけじゃない。ぼくのからだは、そのいきおいで
びよ～んと　まえに　のびた。まるで　うどんみたいに。
びょ～ん。びょ～ん。びょ～ん。
（もしかしたら　にげられるかもしれないぞ。）

ぼくは、もっと　もっと
まえへ　のびつづけた。
びょ〜ん。
びょ〜〜ん。
びょ〜〜〜ん。

でも、だめだった。
ヘビクイワシが　にちゃにちゃした　こえで、うしろから　わらった。
「へへへへへ。
わし、いちどで　いいから、
ヘビのうどんを　たべてみたかったのよ。
もっと　もっと　のびてちょ〜だい。もっとね。」
ぼくのあたまに、どんぶりに入《はい》った　ヘビうどんが　うかんできた。
ヘビクイワシが、口《くち》と足《あし》で　わりばしを　ぱちんと　わり、
ぼくを　口《くち》に　はこぶんだ。

「いただきまーす。」

ちゅる、ちゅる、ちゅる。

「やめてー。」
ぼくは　ひっしで　のびていった。
ニシキヘビよりも　もっと　ながくなった。
その　ながーく　のびた　からだを、
くちばしで　ちょん　ちょんと　つつきながら、
ヘビクイワシが　いった。
「そうめんでも　いいよ。
ヘビそうめんを　いちど　たべてみたかったんだ。
それでは　そろそろ　いただこうか。」
ヘビクイワシは、ぼくのしっぽを　くわえた。

そして…、ひめいを　あげた。

「うわーっ！　だれだー、
おれのあたまに　石《いし》を　ぶつけたのは。」

ヘビクイワシが　にらみかえすほうに、
リスさんが　石《いし》を　もって　立《た》っていた。
リスさんは　木《き》のかげで、ぶるぶる　ふるえている。
でも、ふるえながらも　つぎに　なげる石《いし》を　かまえていた。
「ヘビさんを　はなせ！　はなさないと、また　なげるぞ！」
リスさんは　ふるえながら、ヘビクイワシを　にらみつけた。

「へへへへへ。
わらわせちゃいけないぜ、リスさん。
さっきの石《いし》は　うっかりしていて　あてられたが、
こんどは　そうはいかんぜ。それになあ。」
ヘビクイワシは　にちゃりと　わらい、したなめずりした。
「ヘビそうめんも　うまいが、
リスの　まるのみも　きらいじゃないぜ。」
「うるさい、うるさい、うるさい。
それよりも　ヘビさんを　はなせ！」
リスさんは　さけぶなり、ヘビクイワシめがけて　石《いし》を　なげた。

ばしっ。
ひたいを　おさえ　たおれたのは…、
リスさんだった。
ヘビクイワシが、石《いし》を　はねで
たたきかえしたのだ。
（…リスさん。）

ぼくは、
こえも　出《で》なかった。
出《で》ない　こえのかわりに、
なみだが　あふれてきた。
たおれている　リスさんのすがたが、
ぼんやり　なみだで　にじんでいく。
（リスさん、ごめんね。
ぼくは　リスさんが　だいすきだよ。）

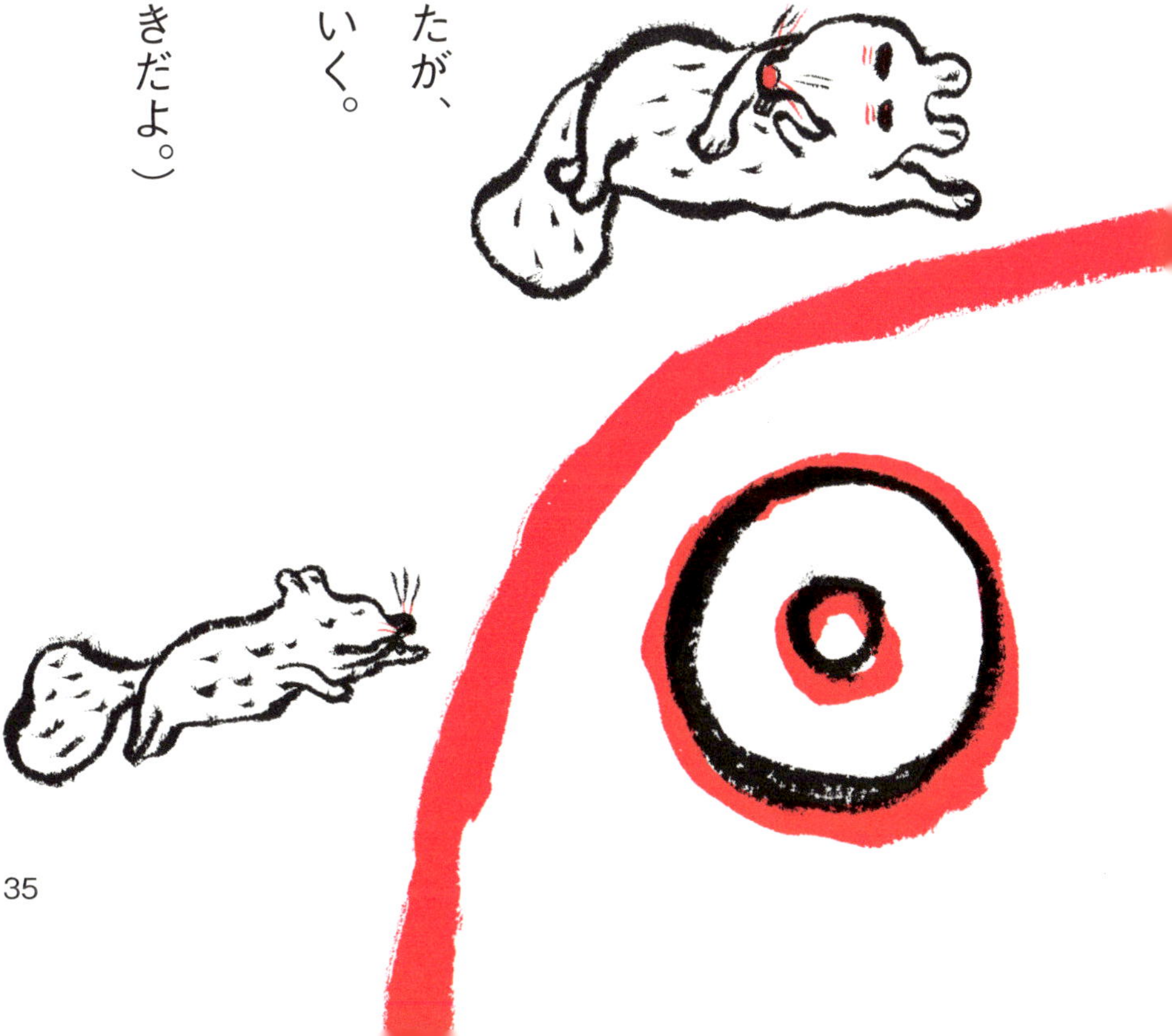

ヘビクイワシに
かみつくことも　できない
いくじなしの　ぼくに、
リスさんのこえが　きこえてきた。
とても　かすかなこえだったけれども。
「あ、き、ら、め、ちゃ、だ、め。
あ、き、ら、め、ちゃ…。」

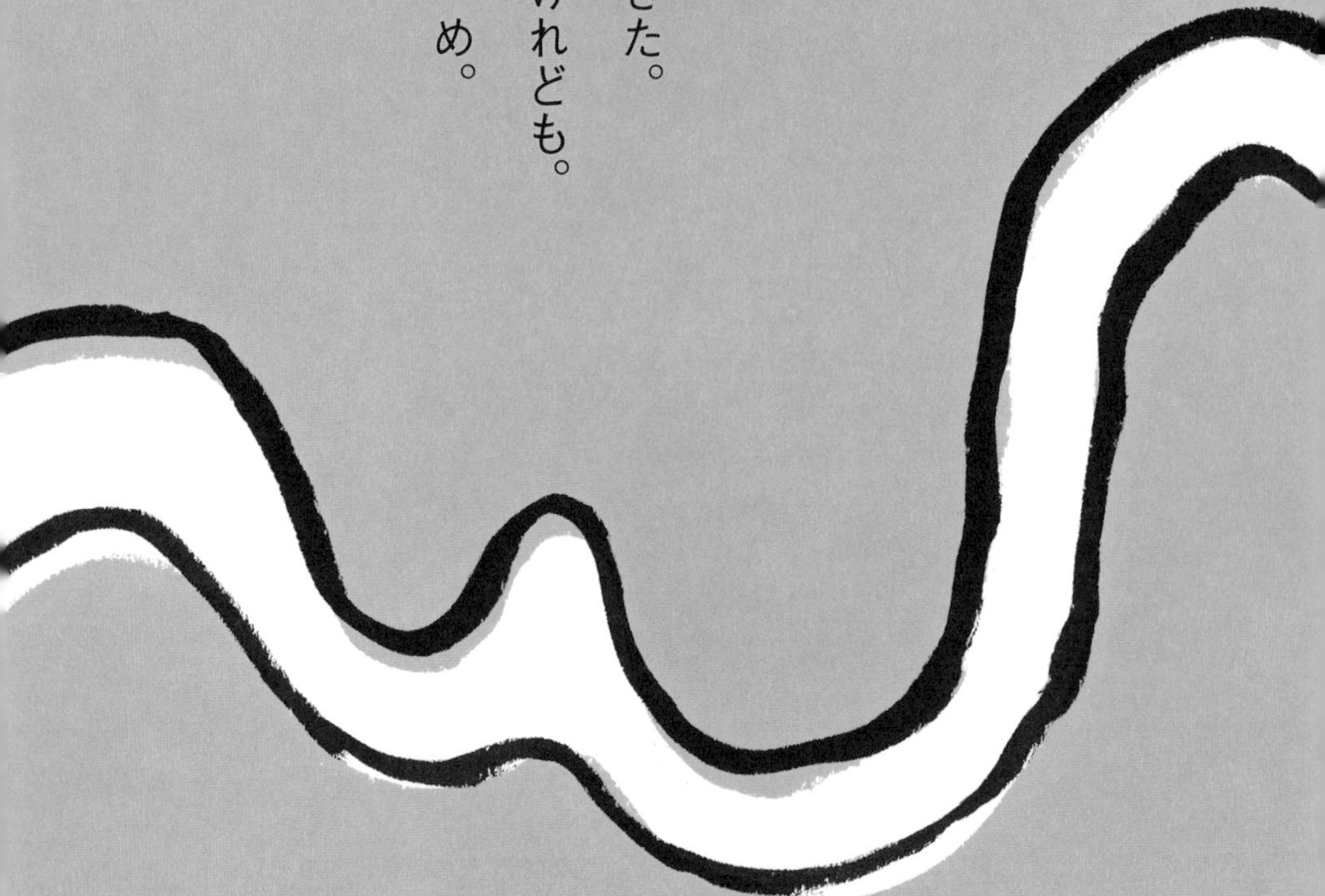

（あきらめちゃ、　だめ。）
リスさんのことばを　くりかえす　ぼくの耳《みみ》に、
また　ヘビクイワシの　ひめいが　きこえてきた。
（…だれ？　だれなの？）
ぼくは、　こわごわと　かおを　あげた。

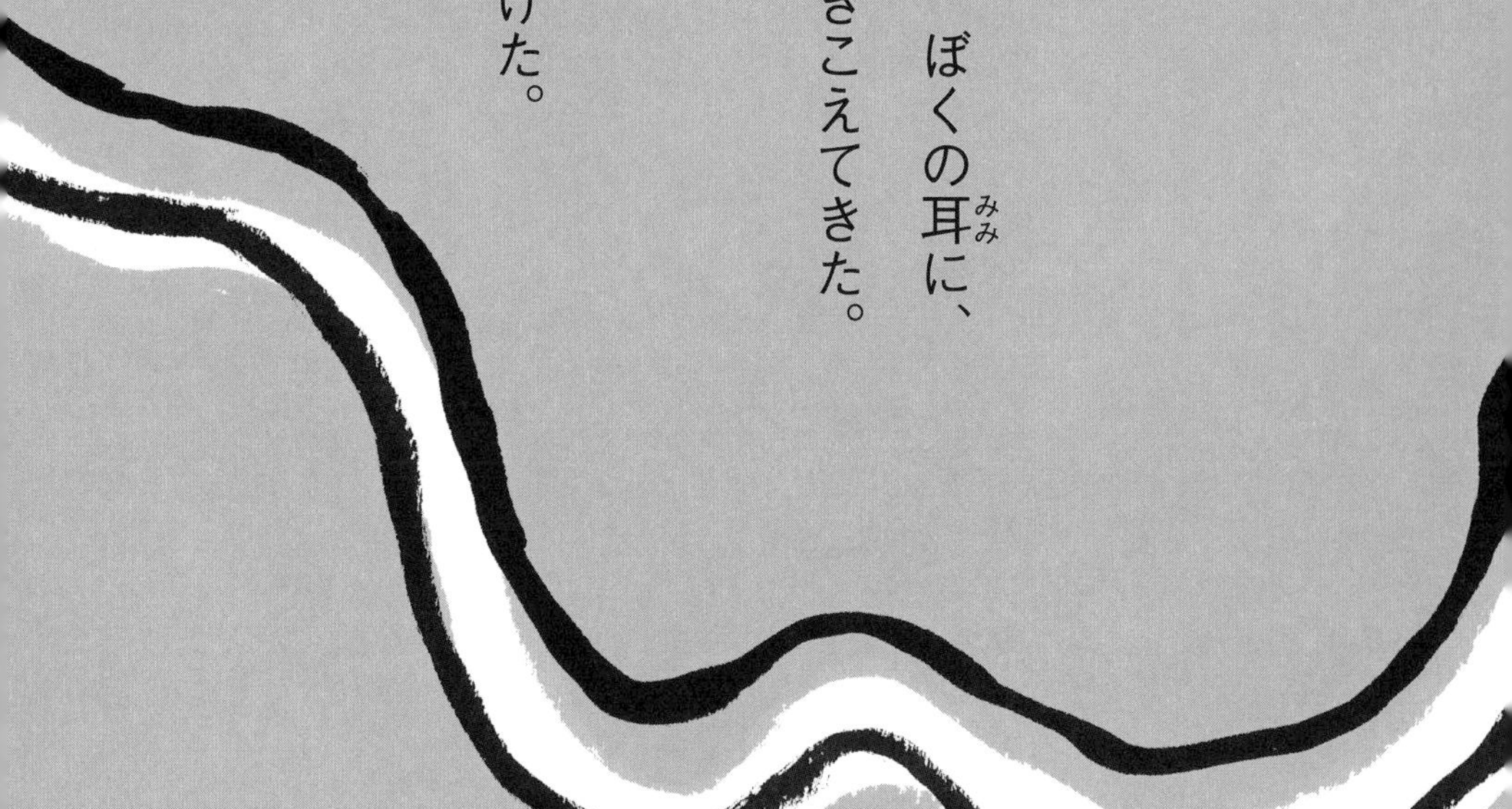

バッタのおじいさんが、サボテンのとげを　かまえていた。
まるで、かたなを　かまえた　さむらいみたいだった。
かっこいい。
「ふふふふふ。おれだよ、ヘビクイワシ。
このじいさまだ。だが、じいさまだと　あなどるなよ。
これでも　けんどう七《なな》だん。
しんけんひとつきりゅう　めんきょかいでんだからな。
てやーっ！」
バッタのおじいさんは　するどく　さけぶと、
ぱっと　じめんを　けった。

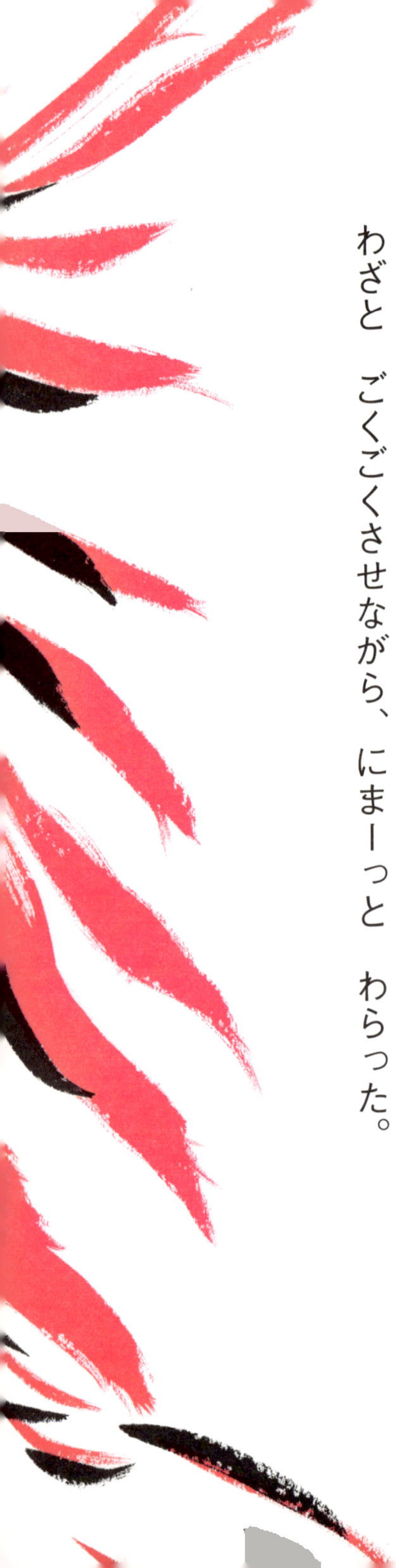

（あっ。）

ぼくが、　まばたきするまも　なかった。

バッタのおじいさんは、　ヘビクイワシに　のみこまれていた。

「なにが　ひとつきりゅうだ。

バッタも　なかなか　うまいもんだったぜ。」

ヘビクイワシは、　ながいくびを

わざと　ごくごくさせながら、　にまーっと　わらった。

ちがった。
ヘビクイワシは、すぐに　ひめいを　あげ、
バッタのおじいさんを　はき出《だ》した。
「やめろー、のどを　つつくのは。
つ、つ、つ、げーっ。」
びゅーん。バッタのおじいさんは、
あたまから　まつの木《き》に　ぶつかった。
よろよろ　よろり。

バッタのおじいさんは、気《き》を　うしないながらも、
また　じょうだんを　いった。
「バッタが　ばったり。」

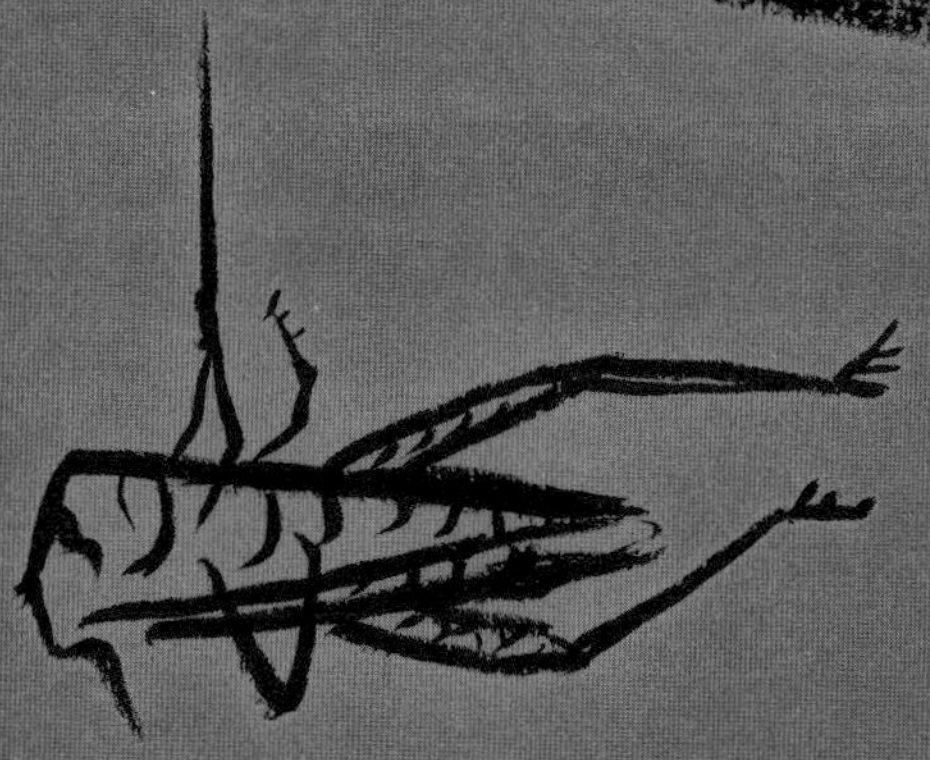

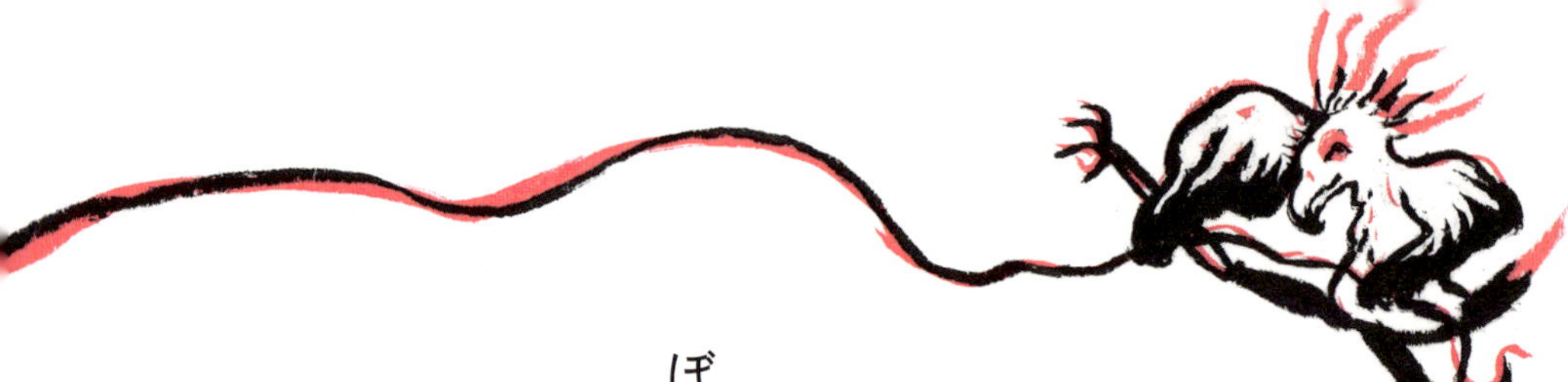

「さあ、これで　じゃまものは　いなくなった。
それでは　ゆるりと、
ヘビそうめんを　ごちそうになるかな。
な、ぼうや。」
ヘビクイワシは　にまにま　わらいながら、
ぼくを　しっぽから　たぐりよせていった。
「おいで、おいで、こっちへ　おいで。
おいしい　おいしい　ヘビそうめんさん。」

ずる、ずる、ずる。
ぼくは、ヘビクイワシの足《あし》に
たぐりよせられていく。
ずる、ずる、ずる。
このまんま
ヘビクイワシの足《あし》もとに
たぐりよせられたら、
あとは　つるつると
のみこまれるだけだ。

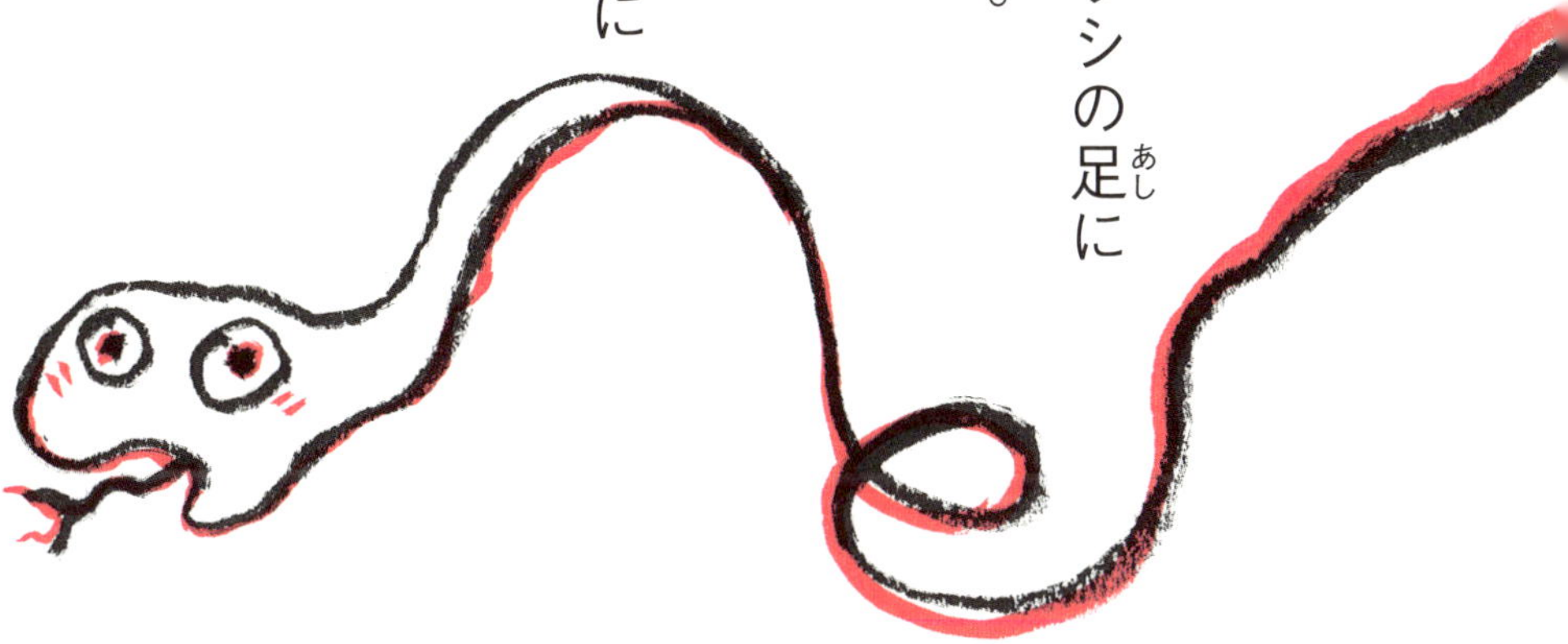

「いやだー。」
　ぼくは　さけんだ。
「ぼくは　ヘビそうめんじゃないよー。
ヘビ、ヘビ、ヘビ。
ぼくは　りっぱなヘビだよー。」
　でも、ヘビクイワシは
そんなことは　きいてくれなかった。
それどころか、うれしそうな
へらへらごえで　こういった。

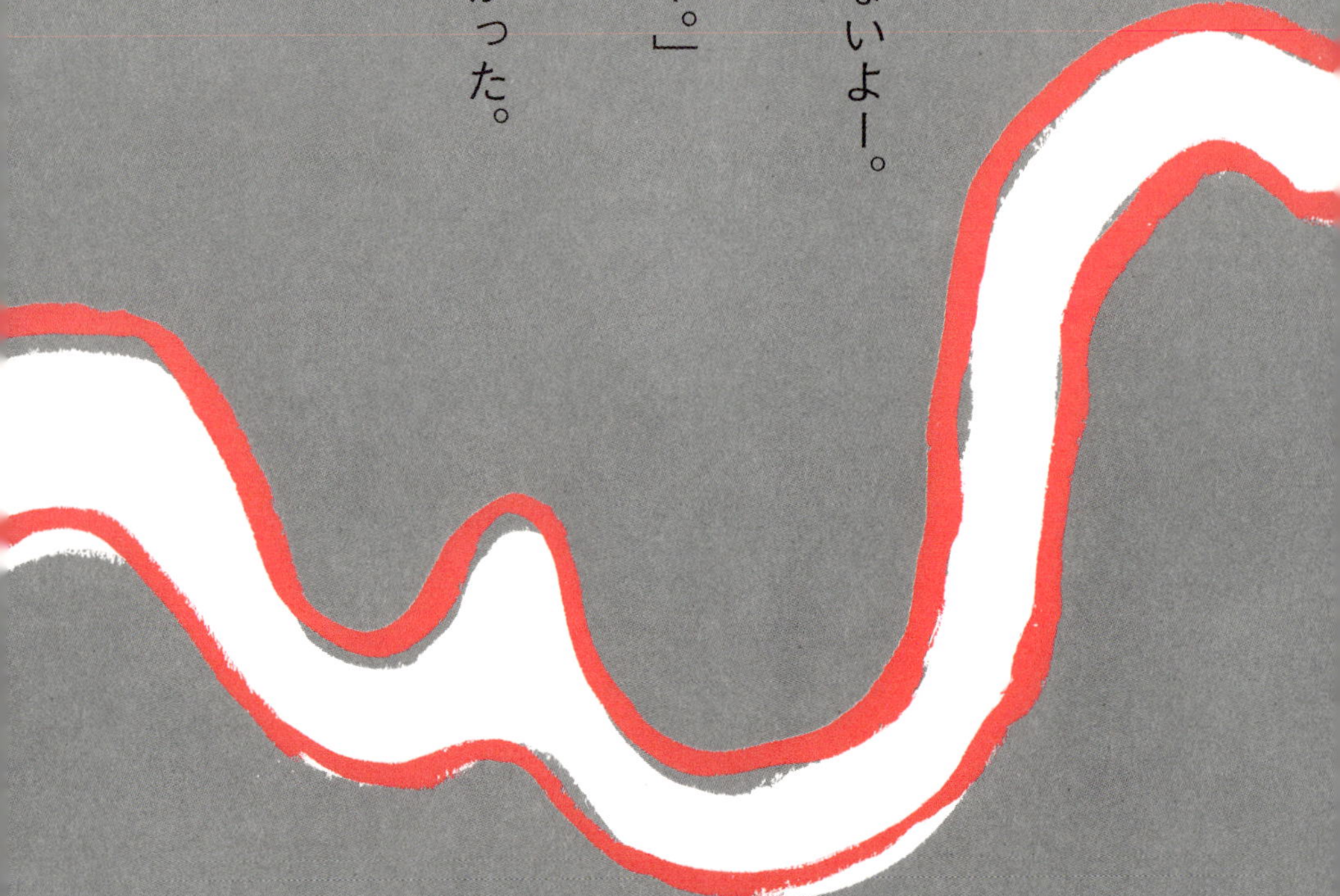

「だったら、なおさら　おいしいかもね。
だって　わしは、ヘビクイワシなんだもん。
ソウメンクイワシじゃなくってね。
げへへへへ。」
ぼくは、目《め》のまえが　まっくらになった。
なにを　いっても　だめだ。
もう　ひめいだって　出《で》てこない。
このまま　のみこまれて、
おなかで　こなされて　うんちになって…。

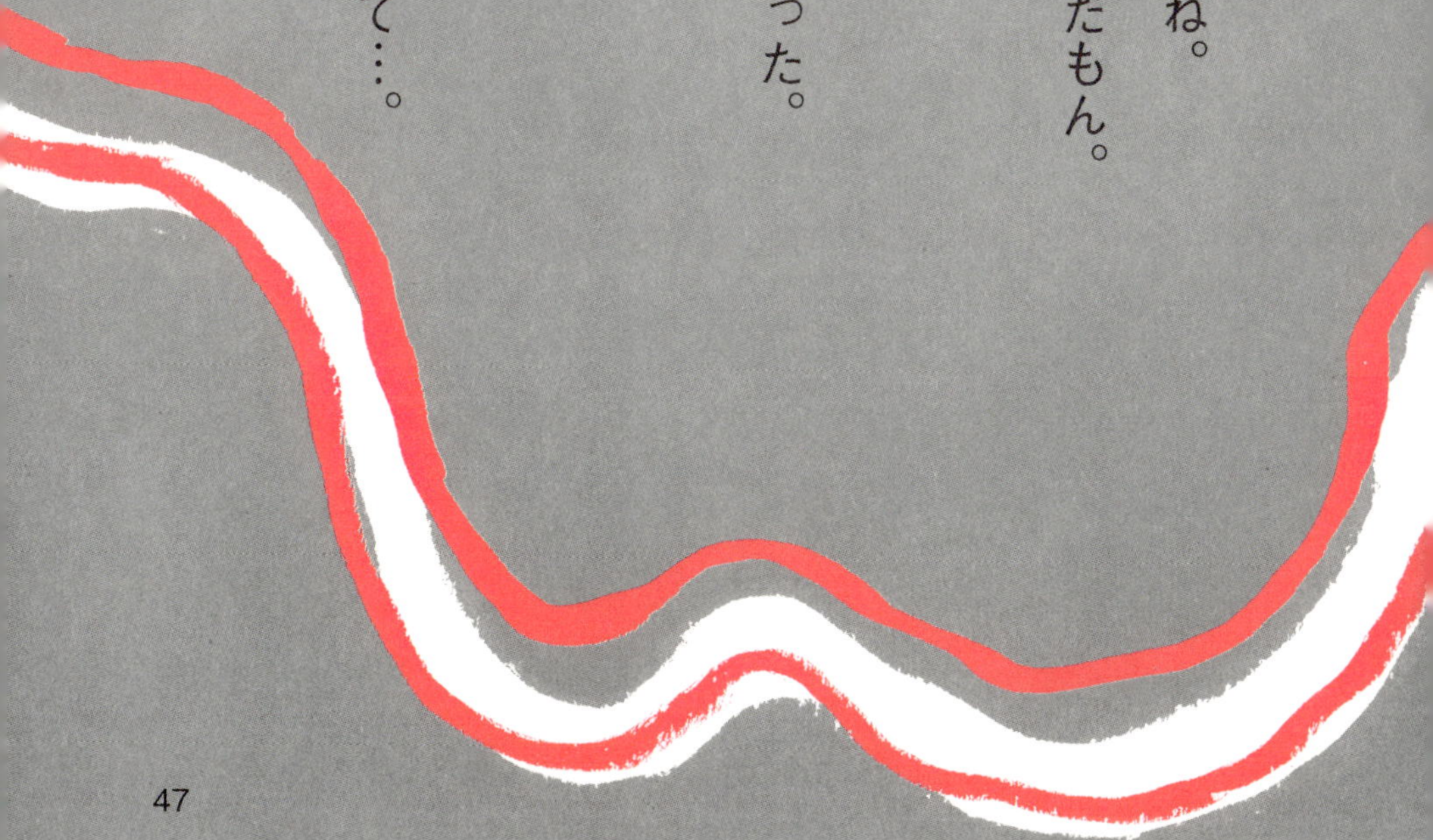

「ふへ　ふへ　ふへ。
とうとう　こうさんなさったな、そうめんぼうや。
それで　いいのよ。あきらめるのが　一《いち》ばん。
手《て》も足《あし》も　出《で》ないとは　このことだな。
ふっへっへっへ。」
ヘビクイワシは、ぼくを　からかうように、
ぼくのせなかを　ぽんぽんと　足《あし》で　たたいた。
（手《て》も足《あし》も…、出《で》ない。）
そのとおりだった。

そのとき、なにもかも　あきらめて
じっとしている　ぼくの耳《みみ》に、リスさんのこえが　きこえた。
「あきらめちゃ、だめー。」

あ・き・ら・め・ちゃ・だ・め。
あ・き・ら・め・ちゃ・だ・め。
あ・き・ら・め・ちゃ・だ・め。
あ・き・ら・め・ちゃ・だ・め。

リスさんのこえは、
ねむりかけている
ぼくのこころを　たたきおこした。
ぼくは　さけんでいた。
おもいきり　からだを　つっぱり、

「いやだー。」

「なんじゃー！」

ヘビクイワシが、 ひめいを あげて とびあがった。

（ちょっと、からだに
力《ちから》を　入《い》れすぎたかな。）
ぼくのからだからは、
にょっきり　手足《てあし》が　のびていた。
そう、ワニに　なってたんだ。
ヘビクイワシは　にげちゃって、
どこにも　いなくなっていた。

バッタのおじいさんは、
ぼくを　見《み》ながら　わらった。

「おぬしは、にんじゃだったのか。」

「そうかもね。」

ぼくも　わらった。

ワライカワセミさんも、

「わに、わに、わに。」

と　わらっている。

リスさんも、 木《き》のかげに いた。
（よかった、 ぶじだったんだ。）
「リスさん、 ありがとう。」
ぼくは、 リスさんに 手《て》を ふった。
すると、 リスさんは
すっと 木《き》のかげに かくれた。
バッタのおじいさんが、
にやりと かた目《め》を つぶっていった。
「はずかしがりやさんなんだね、
あのおかたは。」
「そうみたいだね。」

ぼくは、あたらしい「ぼくのうた」を　うたった。

♪もしかして　もしかして
ぼくは　ワニだったのかもね
もしかして　もしかして
ぼくは　おくの手《て》を
かくしていたのかもね

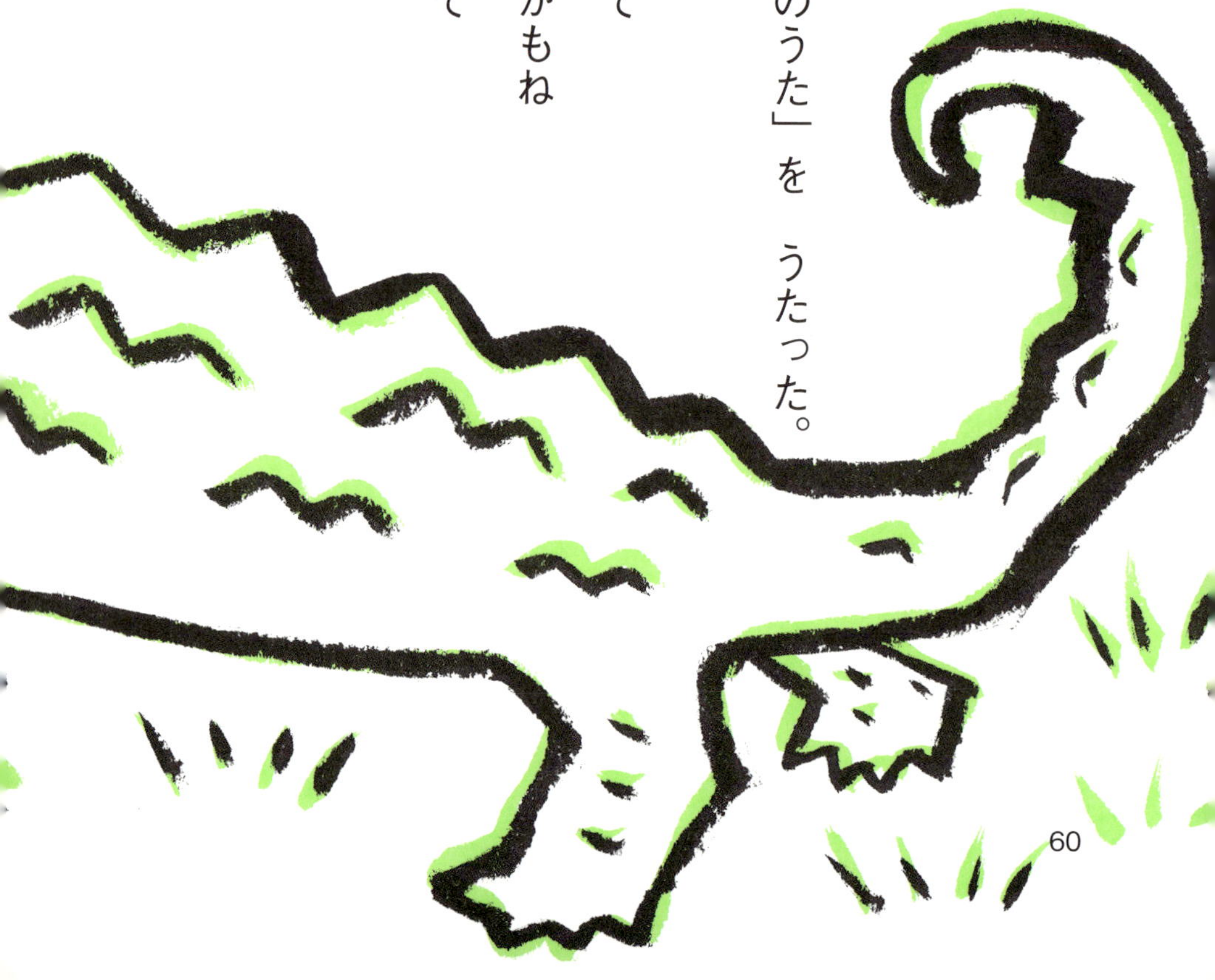

ぼく、ワニの　にょろ。
七《なな》さい。男《おとこ》の子《こ》。
とくいなもの…うたと　へんしん。
だいすきなひと…リスさん。
それから　バッタのおじいさんと、
ワライカワセミさん。

作者／内《うち》田《だ》麟《りん》太郎《たろう》

福岡県生まれ。『さかさまライオン』（童心社）で絵本にっぽん賞、『うそつきのつき』（文溪堂）で小学館児童出版文化賞を受賞。絵本作品に『これもむし ぜんぶむし』『おひげ おひげ』(鈴木出版）ほか多数。

画家／早《はや》川《かわ》純《じゅん》子《こ》

東京都生まれ。多摩美術大学で版画を学ぶ。絵本作品に『はやくちこぶた』(瑞雲舎)『まよなかさん』（ゴブリン書房）『どんぐりロケット』（ほるぷ出版）ほか多数。挿絵に『みんなの家出』（福音館書店）ほか多数。

おはなしのくに

もしかして ぼくは

2013年 7 月22日　初版第1刷発行
2014年11月 7 日　　第2刷発行

作　者　内田麟太郎
画　家　早川純子
発行者　鈴木雄善
発行所　鈴木出版株式会社
〒113-0021　東京都文京区本駒込6-4-21
電話　03-3945-6611（代表）
FAX　03-3945-6616
振替　00110-0-34090
http://www.suzuki-syuppan.co.jp/
印　刷／図書印刷株式会社
装　丁　丸尾靖子

NDC913　64P　21.6×15.1㎝
ISBN978-4-7902-3272-8